吳可名——著

偽哲學書

重逢【代序】

你獨自出門，
前赴一場多年前承諾的約定。
你已遲到許久，
不確定這樣的約定還算不算數。
猶疑中你將門推開，
那年輕的你還在門後等候。

目次

輯參、倫理學

輯肆、悖 論

輯壹、本體論。

石頭

那僧托於掌上，笑道：「形體倒也是個寶物了，還只沒有實在的好處……」

——《石頭記・第一回》

我是一顆無謂
不甘寂寞的石頭
與這星球同樣古老
只是億萬倍渺小
我是渾沌最末的族裔
來自一團遙遠熾熱的火

沒有來世或者今生
無所謂此界或者彼岸

我是上下，表裡，八荒
我是過去，現在，未來

我是百姓的居所
我是帝王的陵墓
我是丈量時間的尺度
我是世界的盡頭

然而有時我仍期待聽見足音
或笑語，或有人能為我停留
雨季來時，青苔佔領我的背脊
隆冬，我的意志專注而頑固
冰雪下，沒有什麼
比我更瞭解等待

我沒有雙腳可以離開，沒有雙手
可以緊抱，只能在撞擊的瞬間
留下低沉的嘆息和永遠的傷口
被拋擲時短暫飛翔
　　　　以及墜落

我所有的只是重量
粗糙，笨拙，堅硬而驕傲
我不懂思考，只適合銘記
我不流淚
只一點一點崩解

如果，化為塵埃之前
我們相遇
希望你能拾起並且
認出，在你手中

安靜沉重的
原是這龐大星球
億萬年前
沸騰決裂的心

七月，一場葬禮和黑板樹

蟲卵在潮濕溫暖的土裡孵化
焦躁執迷的意志土地裡重生
彼界的梵唱，一再被蟬聲蛀蝕
許多人前來告別，靈堂外交談
踱步，或者吸菸，在一個無風
的七月早晨，我想逝者並不介意

倒是對街一列高大的黑板樹
戒備森嚴，深褐色的樹身靜默
如神，且以濃密的樹冠
禁止閒雜的眼光窺視
生長或衰亡的祕義
輪生的葉片像一雙雙張開的手

無畏地承接十方巨大的
空無，猛烈濃郁的綠意反射
萬千婆娑光點，卻隱隱
埋伏了逡巡的暗影
訴說一些已然委棄的可能
如此便揭露了生存的哀愁——
蟲噬，病變的斑痕，甚或就是枯敗
失去了汁液，全部的愛，然後
自梢杪處怦然墜下，爭辯著有情
無情，落地，成為暗示

關於死亡我們知道得太少
或者太多？我們以耳語低聲談論
而死亡撐著一把黑色的傘
陽光下穿梭如常
我們徒然以完美的儀節告別

努力擦拭記憶中的掌紋
說服自己，轉身離開並非遺忘
而是不再牽掛此生
顛倒迷亂的夢想

只是他們都在不遠處等待
面容安詳如撕下的日曆
連同一只行李，裝載一生的祕密
偶而，在終昏的街口
與我們驀然相覷
此後每日，我們朝他們走近一些
曾經轉身而去的，再次回頭
曾經於過去錯過的
將在未來重逢

蟲卵在潮濕高溫的土裡
孵化，或者夭滅
蟬聲紛擾，然後歸於寂靜
我們終將在遠方站立
仔細地收藏著自己的祕密
並投落些許的光與陰影
提示來者，生活的意志與艱難
從此安靜完整，專注於存在
如同，晴光下七月早晨
一列高大蓊鬱的黑板樹

溫度

——有贈

1

妳問我為什麼
總是寫些悲傷的句子
我想解釋
卻為之語塞

我想我可以談論
某些單純的快樂
如小孩們的笑容或者
戀人們相識的那一天

我可以描述遠方山脈
或海岸無人的寧靜
可以在早晨醒來
漫步到公園
看夏日的薑花
盛開，菩提樹
油亮青綠的葉片
在風中生長

2

只是，快樂是朝暮間
雪白老去的青絲
是夏日過後
　　衰敗的落葉

空寂的大地

昨日來了又走
我們無法對抗傲慢的時間
暴雨在山間
虎鯨擱淺在潮退的海岸

這些不只是杞人的偏執
憂天的囈語
天就要黑了
人們急著回到明亮的室內
但總有人
得習慣黑暗

我們駕著船在水面撈月
我們在書籍中學得的智慧
單薄得不足以承接

生命的重量
我們的呼吸與意志
只是一季短暫的蟬鳴

3

而這就是人生，這就是
我，一隻狐狸的悲觀
憂鬱的夏蟲的嘶鳴
如果它們使妳傷悲
甚至流下灼熱疼痛的淚
請原諒我
當惡意的寒冬來襲
生命像一杯水結成冰
請記得這些句子
在無法入睡的夜裡

它們是我僅能給妳
微弱但真實的溫度

長夏

我自午夢醒來
陽光還未從草坪上離去
松鼠在無人的木椅上逡巡
這樣悠長的季節適合等待，雖然
等待些什麼我還沒有想起

昨夜的暴雨
一夕間已無痕跡
只於我藍綠的田畝
長出些淩亂潦草的心情

一葉片自樹梢滑落

眼前幾株高大的喬木
它們顯然知道一些祕密
然則我懷疑它們其實與日光同謀
以靜默　對峙你些微的耐心
與信仰

而日光如矢
復照於我腳旁的青苔
野菌　以及猶豫的蒲公英

一葉片自樹梢滑落
無畏地翻轉許久才落至地面
晚鐘在高緯度響起
像一些忘了完成的約定

去秋夾著楓葉的那本書
不知如何遺落了

午後七時
闔上書我起身離去
日落後我也將保持緘默
日落後或許有星圖向我揭示奧義

別後

——時間三首

父親

早晨，坐在社區裡無人的公園的板凳上，父親從巷口走來，在我身旁坐下。

「我以為你再也不會出現。」我說。

父親沒有回答，起身，往花木盡頭行去。

四歲的兒子從樹籬後鑽出來，「爸爸，你看我抓到了什麼？」

老人

清晨起床，老人將幾日市場購回的菜蔬魚肉自冰箱中取出，置於水槽之內一一清洗；整個下午，他將處理好的食材烹煮成一道道香郁美味的菜餚。

入夜，他等待的客人——那些戴著或者帶著金簪，紙扇，碎玉花瓣的年輕女子們依約造訪……。啊！久違了，老人激動地與她們一一擁抱。

他們愉快地用餐，回憶過往種種。訪客在黎明前陸續告別，離去。天亮，那老人將門關上。

智者

智者精通一切的語言，並知悉時間的奧祕。與世界告別的時候，他選擇把未曾示人的祕密鎖在罐裡，然後把罐收在箱裡，箱藏在屋裡，屋蓋在船裡，船划進河裡，沿河到達山裡，山在渺茫大澤裡。他確定沒有人能找到那船，那屋，那箱，那罐，以及罐裡薄薄的幾頁紙和紙上那終於再也無人能予識讀，尚未存在便已消逝的文字……。

聲音

課堂上懷孕的生物老師告訴我們
鳥類發出美麗的聲音是為了求愛
我希望我也是。而樹木通常靜默不語
它們只在大風起時與同伴合唱
我希望我也可以

只是後來，我背棄了我的承諾
絕望的那人轉身離開
小葉欖仁的葉子在她身後落了一地
我伸手撿拾，卻分不清哪一片
是我過期的誓言。我學會了說對不起

我學會了腹語術：
我在眾人面前發表言不由衷的言論
在黑夜裡說些白天不敢說的話
或者蜷縮起來聆聽自己體內
一種腐蝕的聲音叫寂寞

只有死亡沒有聲音
像損毀的上一世紀的默片——
告別父親的時候
我一句話也說不出來
也哭不出來

只有死亡沒有聲音
十二月城市裡降下了大雪
人們紛紛回到自己的屋內

而我開始在紙頁上
練習為逝者歌唱

日光

——有贈

清晨
日光到我的床前
輕輕地將我喚醒

她告訴我
無須害怕，且不要留戀
夜裡顛倒的夢境

我們走到窗前
看著窗外
所有的事物都閃著金色的光

我梳洗，更衣

她握住我的手
走到門外，她說：

你的世界
在你的腳下
而我會一直跟隨

或許有時我短暫消失
例如夜裡，或者天雨
但請記得

那只是人們眼睛的侷限
在星夜的背後，烏雲之外
和你思慕的心中

我將一直存在

賑早見琥珀主

——致河川

我在夢中一次又一次翻開童年夏天
溪澗流水刷洗的卵石以及卵石底下
杳然消逝的世界的祕密

那些夏日午後
制服與書包丟給慵懶趴睡的はち
我們奮力踩著踏板
細長的輪印試圖描繪
地圖上不曾，也從未
來得及記錄的冒險
巷弄結束的地方
（陳宏彬家前的水溝有鯰魚）

稻禾禮貌有秩序成群地站著
鬼針與竹節草在遠處嬉戲
我們依循流水歌唱的方向
穿過兀自安靜生長
護衛我們祕密的黃槿
赤楊，銀合歡，馬纓丹
（那些我成年後才開始追索
卻已失去蹤跡，許久，的名字）
樹蔭閃耀青綠的光影
我們一次又一次抵達
那後來時光更迭中
如此輕易失去的溪流

「賑早見琥珀主」
許久之後，我將如此命名你

那些美麗纖細的魚蝦螃蟹
溪裡閃光的卵石
碎玉般流動的溪水
溪岸遠古敦厚的巨石
溪流是清涼忠實的懷抱與通道
通向人類童年
偶而有神祕的蜻蜓
低飛，以複眼凝視
愚騃短暫的我們

舊日的水田
想念摺疊的時光中
舉翅滑行的白鷺
飛過萬劫不復的溪床
我們螳螂一般的驕傲
被文明與發展輾壓

被填平的魚蟹，被肢解的
賑早見琥珀主

文明是抵抗
人類自己
何時我們才能洗淨
不潔的雙手，顛倒的夢想
以朝聖者全部的意志
再一次抵達，緣溪行
同時記起你的名字
再一次被你所眷愛，接納

註：「賑早見琥珀主」，電影《神隱少女》中河神白龍被沒收的本名。

獲釋的西息弗斯

我正變成死亡，世界的毀滅者……
——《薄伽梵歌11:32》

詩人是世界未獲承認的立法者
——雪萊《詩辯》

……億萬載以下，我們想像，當群峰高處的大神息怒時，西息弗斯自當被寬恕，停止苦役，如我大膽預言，然而我們甚麼時候才可能獲釋？
——楊牧《長短歌行・跋》

I 眾神

當宇宙以亙古無窮之力
牽引彼此頡頏曲折
維持永恆的運動
蔚藍地球乃持 9.4 億公里之
圓周，於冥宕星系間，驕然
公轉，且以自身尺幅，渾成堅毅
逆時針自轉，轉軸傾角 23.44 度

太陽神駕金色戰馬疾奔，跨
越東子午線，往西散射泅洄
自深邃之太平洋躍出
轟然，抵達歐亞大陸西
南陲，一突兀獨立之島嶼

阿波羅的火炬，最先照耀
美麗多神的東海岸

雪山，中央，海岸諸山脈，自
天際環視無垠的太平洋
立霧，木瓜，秀姑巒蹀躞周折
以急流的全部心念奔赴
抵達，護衛群峰腳下襁褓中
美麗的平原與縱谷
生命在此繁衍
眾神隱匿在最大
與最小的造物中

泰坦來自海洋與陸地
熾熱的呼吸，渾沌的意志
起伏，騷動，再生與

死亡，生命乃一巨偉之鎖鍊
自噬的銜尾蛇，烏洛波羅斯
以生命灌溉死亡
的華蕤，以死亡授粉
新的生命

獲罪的西息弗斯推動巨石，全身
緊繃如一支沒有目的的箭
雙膝著地，足尖下
鬆散的意義紛紛滑落
我是西息弗斯，我是
人類的過去，現在與未來
我是眾神的詛咒，意志與虛無

II　少年

沿著海岸，每一道波浪
等待著一則瓶中的消息
每一個足印等待
下一個足印

內摩色奈俯身親吻少年
前額，記憶便開始如年輪生長
左眼如嚴冬封印地底的燧石
右眼永遠的夏天閃耀潮汐的光芒
萬物需要命名
接近，理解，需要
意識及文字的居所

夏季的星空，人心中的
道德律是不變的價值
與主題，時間上游開滿薑花
內心深邃無光的岩洞，等待
有人前往搜索
轉身，崢嶸的奇萊山，白天
黑夜，在身後俯視——

這絕非易事
你能堅持一生
維護你的理想
施展你的抱負嗎？

我想，我能。

比奇萊巨大的是仰望奇萊

少年的一顆心
比少年的心還巨大的是
尚未存在的一首詩

繞越希臘，愛爾蘭，美利堅
跋涉過古代與中世紀
現在要航向福爾摩沙

愛與美的少年
請坐下，為我們寫些什麼

Ⅲ　政治

烏雲在海上嚎啕

有人從絕境歸來

訴說恐怖的事：
我們在耕地時示巴人和
迦勒底人像最黑的黑夜
闖入，殺害百姓，奪走牲畜
土地，一陣惡風將屋舍吹倒
所有人，都死了
只有我活著，身上
長滿膿瘡，回來
告訴你們這一切

這並非什麼試煉
這些不義的事
不應行在地上
傷害的手必須制止
被枷鎖的足必須釋放
失怙的孤子，失恃的哀女

年邁羸弱煢獨的雙親
哭泣的平原與縱谷
上一代太苦，下一代
不能比這一代，不能
比這一代，更苦
更苦

Ⅳ　詩

詩是萬物的秩序
草木蟲魚
蛇兔虎鷹
山岳沼澤江海森林
月暈日蝕地震海嘯
乖舛惑溺假譎忿狷尤悔
存在必定合理

應該有詩，紀錄，註解
歌頌讚美，或者批判，指引
去向，詩是事的規則
人的形狀

詩是灰燼
是倖存者的證言
去聖已邈，寶變為石
（有人問我公理與正義的問題）
黃鐘毀棄，瓦釜雷鳴
（一顆心在高溫裡融化……）
悲歌可以當泣，當愛與同情
不足以抵擋不滿的冬天
我們歌唱宏亮的詩篇放逐
虬虺魍魎，唾棄專制與暴力
歌頌自由，河川，山脈

稻穗與正直的人，堅持
荒廢已久的友誼與浪漫主義
詩是內摩色奈賜予的吻痕
是愛
　　與傷口
在每一首詩的開端撕裂
在每一首詩的結尾短暫
癒合，無法癒合的是寫在
水上的名字與昨日

秋天地上赵趄的枯葉反覆思維
夏日梢杪間猶豫的風
生命是美與愛的綑綁和囚禁
理想的執著與惘惘
青色的葉脈

在智慧與歲月的書頁裡泛黃
詩是乾燥甦醒的靈魂

V　神釋

在迷失途徑的人生末路
你，和你，是我唯一的不捨
愛是自願的鎖鍊
將我們栓鎖在死亡的巨岩
向命定的終局滾落，如何你每日
牽引，提拔，往高處行邁
中心搖搖

那些肯定過的，否定過的命題
時光都已一一證明
曾經選擇的，沒有選擇的道路

都通向此刻
我們終於來到告別的路口

攤開星圖，人類是眾神外
一則渺小昂揚的神話

當死亡如千層迷宮，阻擋
對話，前去的方向，我們只
有伊卡洛斯的翅膀，終於
無法避免墜落
但曾經飛翔歌唱

我是西息弗斯
我已獲釋
我已傳述我可以說的
停筆，收攏星圖，方向
歸零，留下一則完整的寓言

供後人傳說

作者註：謹以此懷念詩人楊牧。詩中多處挪用先生詩文，識者應知。

形上學。

輯貳、

昨日

——有贈

「世界暴烈如一只不育的卵，
捽落後露出駭人的空無。」

為了尋訪妳的消息
多年前，夏日傍晚
的一場雨
落在鬼針漫佈的鐵道
攲斜的枕木
潮濕且
囁嚅歌唱

時間以全部的意志轉身
沒入紛然的水漥
然後往遠處山腳
的溪床行邁
留下一些有情的線索
於一圮廢的車站
雨滴在空中懸置，與記憶
的暗影交錯
我搭上鏽蝕經年的列車
忐忑如一少年

世界許久不曾捎來消息
我們出發前往它的中心
青春是一小張
嶄新的車票
我們朝前方行去

（夏日後暴雨降臨）
沿途以鐘瓶捕捉雨中
迷途的蜻蜓，並在瓶上
繪以星圖後離開
（那瓶中的蜻蜓靜止如一滴淚）

直到失去羽翼之後才發現
我們都因愛
而撕裂
（一度我們以為
手中握有開啟彼此的鑰匙）
卻因此記起
自己最初的模樣

並且知道那是唯一的方向
（我們在雨中盛裝出發）

通往世界逐漸澎湃的
心中

雨季

夜裡的雨
白天持續下著
有些事才開始就結束
有些事結束後才開始

雨停了
天還是陰的
有些事忘記了要記得
有些事得記得要忘記

有些相遇像雨季
不記得何時開始
曾以為不會結束

天空終於晴朗的那天
遠處開闊的草地
在夏日尾聲閃亮著

贈別

——給一位不認識的朋友

你把自己繫在一根繩上
用力與世界拉扯
雖然你清楚自己不可能贏
但那是你唯一知道的姿勢

寧可虛無
你的世界裡沒有曖昧
你明知道這樣的絕對
不適合別人介入
卻抑制不住想像
還有些什麼可以仰望

只是真實如一只不育的卵
摔落後露出駭人的空無
巨大的美好
往往一戳就破

你在陌生的疆域迷路
你沒有呼救並且放棄掙扎
你並不後悔，只是絕望

只是告訴自己
即使離開，也要用
自己堅持的姿勢

枕頭

——用 John Updike 舊題

妳從不抱怨
我頭顱的形狀，或者
重量，我的口水太甜
或眼淚太鹹

每日，妳忠實地提供
我所需要的支撐
在疼痛無眠的夜
妳是我唯一的依靠

當我的身旁空無一物
妳總會柔軟地接納

我及我的憂傷
並且輕觸我懺悔的雙頰

而當我起身離開
熱切地迎向世界
留著我的印痕的妳
便開始一天的等待

椅子

有人將詩視為黃金事物，
我卻更情願它是一把椅子。

——詩人S

只有你知道
我真實的重量
知道我存在
或者不在

我可以出門
穿越每一道
禁止通行的標誌
造訪已經消失

或尚未存在的城市
看廣場前水池裡
世界留下的倒影
但只有你知道
我的雙腳
無法永遠前進

我可以挺身對抗
要求每一扇緊閉的門
釋放被囚禁的蝴蝶
與每一個倨傲齟齬的黑夜
四目相對
但只有你知道我的背脊
不是永遠挺直

只有回到你
卸下了
舌頭
　手腳
我才能安靜地
思索自己
真實的位置
感覺自己完整
的重量
同時理解
擔負是偶然也是必然
而每一次離開
都是為了歸來

如焰

是身如焰，從渴愛生。

——《維摩詰經》

「黑夜在屋外逡巡
我的世界是盞小小的燭燈
黎明以前這是我僅剩唯有
黎明前請提示愛的奧義」

「黑夜在屋外逡巡
你的燭光幽微
撲火的蛾
唯愛使人憂懼」

「黑夜如叢莽包圍
我的世界深陷於巨大的雨林
黎明以前將遭吞噬
黎明前請曉諭愛的真理」

「黑夜如叢莽包圍
你是一顆無謂的卵
作繭的蛹
唯愛使人束縛」

「黑夜如刀
我的世界是一張搖盪的蛛網
黎明以前我將凌亂殘缺
黎明前請傳述愛的法則」

「黑夜如刀

奈何你千萬次纏縛
綴網勞蛛
唯愛使人脆弱」

「黑夜如潮
山雨後我如一節棲木沉浮
黎明以前我將淹沒
黎明前請指引愛的去向」

「黑夜如潮
洪水將迅速自這世界退去
濡沫的水族
唯愛使人乾涸

黑夜輪迴
若離於愛

無憂
無懼
無束縛
無乾涸脆弱」

「惟憂懼足以希望
惟束縛足以緊握
惟脆弱足以珍惜
惟乾涸足以將自己全部給予

黑夜無盡輪迴
我是愛
我是脆弱
我是憂懼束縛
我是隱微殘缺搖盪沉浮

我是愛
與空無
在一切開始之前
與結束之後」

海洋

妳的淚水
滴落在
我寫給你的白色信紙上
信紙上我留下的字跡
我無意鐫寫的思念
漫漶成一座海洋

千噚底下
我仰臥成一艘沉船
覆蓋著綠苔
在珊瑚與海草之間
終為這古老的板塊不起眼的一角

只是我仍不斷發出求愛的訊號
隨永恆回歸的洋流與億萬顆氣泡上升
（為此海洋變得更藍）
而唯有妳可以解讀

美麗（樂府）

我打了電話給春天
問它妳最近好嗎？
話筒傳來去年花開的聲音
說妳依舊美麗

我打了電話給秋天
問它妳最近好嗎？
話筒傳來楓葉轉紅的聲音
說你最好忘了她

我怎麼忘了春天已經遠去
悲傷總是時斷時續

怎麼忘不了秋天沒妳來得美麗
事與願違　我們再不相遇

我打了電話給夏天
問它妳最近好嗎？
話筒傳來去年海浪的聲音
說妳暫時不回家

我打了電話給冬天
問它妳最近好嗎？
話筒傳來北方下雪的聲音
她很快樂　你別再找她

我怎麼忘了夏天已經遠去
記憶總是如海水潮汐

怎麼忘不了冬天因妳而美麗
自妳離去　世界開始憂鬱

我記得那個夏天妳向我靠近
記憶總是如海水潮汐
怎麼忘得了生命曾因妳而美麗
失去妳　世界無限憂鬱

一些

人生有無限的自由／可是在乎的只有一點點。

——鴻鴻〈招秋魂〉

他離去後，她發現她的右腦失蹤了。
然後她開始墜落。
像一隻失速的鴿子——
像一個名字散去了所有的筆劃，
她遠遠地看著腳下蔥綠的大地，
漂浮。然後墜落。

然後她開始迷路，
在她所熟悉的小鎮。

每日不同的人們熱情地款待她以早餐，午餐，晚餐，
她記得他們每個人的名字，她只是不曉得自己是誰。

她看著自己的照片，
努力回憶著自己以前的樣子。

她開車，撞上一顆無辜的石塊。
那無所謂，反正車上早有刮痕。

她穿著他的衣服入睡卻於午夜熱醒，
脫去，她想，又是一個愚蠢的念頭。

她想讓自己的左腦休眠，
而左腦正忙著可憐那失蹤了的右腦。
他離開後她知道這世界變得無比廣大，
但她在乎的，只有一些。

幸福

1

幸福非常稀有，我甚至懷疑人們所聲言的幸福，其實都只是謠傳。

2

幸福曾經有過，但它總是與悲傷一起發生。悲傷無盡蔓延，而幸福則像億萬光年之外早已殞落的星辰，只剩下哀傷的光在宇宙中迷途。

3

幸福曾經有過：當我們緊靠著彼此各自睡去，然後又在夢中重逢。

透明

I

入夜後這世界下起了透明的雨
在無邊的黑暗中
我伸出雙手
卻接到了妳的淚滴

II

像一枚入秋飄零落地的紅葉
我終於找到了妳

但秋風迅速地將我帶走
我悲傷地喜悅著
因妳不會見到我轉瞬乾燥的面容
而我曾經接近妳，終於

III

許久之後我才發現那
其實是個現在或永遠不會的問題
燈火輝煌的大廳裡有歡宴的笑聲
幽黯的巷口傳來輓歌
決定了什麼其實我已遺忘
但我記得我曾經做了選擇

賦別

我在小鎮裡找尋一家店鋪買菸
入夜後暴雨突然降臨
雨刷反覆撥走墜落漫散的水滴
街景自雨裡
　　　　　隱去
我感覺到你已經離開

至此我們終成兩座孤島
天涯海嵎各自生息
碧海白沙是我想像你將來的面容
爬藤與兇猛的蕨將覆蓋我此後崎嶇匍伏的肩胛
深海千噚　我的心音巨大地
　　　　　　　　跳動

我確定你已經離開
雖然我仍注視著每一輛與我錯身急馳而去的車
車內會不會有你的身影
水花在輪下濺起
（想來這只是個愚蠢至極的念頭）
車行後沒入黑夜再無痕跡

我冒雨閃身進入一家未曾去過的商店
卻怎麼也想不起自己想要什麼
我突然覺得自己麻木堅硬
如最後一頭滅絕的長毛象
固執愚笨走到陸地的盡頭卻
堅持往水深未明的海域行去
海水及頸，及鼻，及我黝黑透明的眼
記憶裡

有你的每一個季節
都是夏天

忘了緊閉的窗讓屋內同屋外一樣潮濕
雖然我知道午後室內短暫曾有戶外青色的光影
我把濕了的外衣脫下
多雨的季節
要不要將它烘乾？
點亮桌燈黑夜結束前我將把唯一且最後給你的詩篇寫完
然後等待時光
什麼時候乾燥了這頁薄薄的紙
然後摺疊緘封
寄回給昔日向你告別的自己

輯參、

倫理學。

快樂王子

「你是誰？」燕子說，
「你為什麼要哭泣？」

——Oscar Wilde *The Happy Prince*

快樂王子並不快樂，因為
城裡有貧窮的人，生病的孩子
乞求一顆橘子，憂傷的母親
手裡只有粗糙的繭

春天不曾留下足跡，貧窮的人只是
富人的影子，黑夜來時他們紛紛
無聲走進城外的河裡
「燕子啊，燕子，

拿去我左眼，
救一個貧窮的人。」

快樂王子並不快樂，因為城裡
有孤單不被愛的人，雨中
穿梭十字路口的女孩，沒有人
要她手上濡濕的傳單

夏天的雷雨持續至深夜，凶惡
酒醉的父親常拿皮帶打她，但她已經
學會不掉下一滴眼淚
「燕子啊，燕子，
拿去我的右眼（那寶石
來自印度），救一個不被愛的人。」

快樂王子並不快樂
因為城裡有絕望的人
街上到處是奄奄一息，被遺棄
的承諾，鍍了金的希望，泡沫一般的日子

秋天虛假的陽光，絕望的人
無處可逃，只能在夜裡
炭火的餘燼中安息
冬天就要來了，「燕子啊，燕子，
不要哭泣，拿去我的身上金箔，
救救每一個絕望的人。」

即使失去了雙眼
親愛的燕子——
我仍能看見恐懼
與絕望，疾病與貧窮

（燕子啊，讓白雪覆蓋好
你微小的身軀）
失去華美的裝飾
我只剩一顆無用的
鉛做的心

只是鉛做的心
依然沉重
即使面對惡意的寒冬
人們眼裡的冰雪
裂成了碎片
始終拒絕融化
要在天父的花園
善人的心中
復活，跳動

在島上・2010

I

誕生於三百萬年前
星球的顫動
吾鄉的土地
神祇一般
於海中升起
自海面至雲端
在板塊盡頭
臨視混沌的海洋

五萬年前歷史
從骨角石器開始
整個瘖啞的上古
他們將緩慢
但持續地熟悉自己
的雙手和直立的背脊
離開洞穴，構屋
發明語言和家人
並以石版槨葬

冰河在兩萬年前退位
海面劇烈上升，至此
一座島嶼誕生
遙遠完整
生命不斷演化：
牛樟，赤楠，紅檜

帝雉，藍鵲，紫嘯鶇
石虎，雲豹，梅花鹿……

七千年前南島的民族
安靜地登陸
他們在此繁衍族人
以及神話，狩獵，耕植
釀酒，豐年時舞蹈歌唱
祭祀挾怨的矮靈
陽光下像銀色的飛魚
躍出藍色的海面

II
巨變來自西方
歐羅巴的殖民者

證實地球是圓的
像一只橘子
如成群孵化的介殼蟲
他們爬過了半顆地球
並驚呼：Ilha Formosa!

但歷史從來不是美麗的相遇
歷史和血相關
駕著五桅千噸的戰艦
貿易與戰爭連袂造訪
銅砲宣稱，並且製圖紀錄
自己是鹿皮樟腦茶葉蔗糖的主人

東渡的孤臣孽子
驅離了紅髮的統治
碉堡裡負隅抵抗

一個崛起的帝國
他們終究無力回天
卻留下漢族
的火種
在未來的歲月裡興旺

帝國盛世，沿海有
貧困的居民
渡海是唯一的希望
海外的大灣
灣裡豐美的山林，將來
會是肥饒的水田
焚香，生死濁浪
這一世只要過了海峽
就有生路

年邁的帝國
有張衰老的臉
她是臉龐外懸垂一滴
割讓的淚
太陽旗升起
殖民者走了又來
歷史的天使緊拉著她的手
倒退著走入現代

太陽旗倒下
這滴淚是上天對失意者
最後的垂憐
倉皇間撤退的領袖
認為島上該有
統一的語言
卻忘了自己

濃重的口音

被殖民的舌頭
如何發出捲曲的舌音？
生命像張殘破的漁網
雨夜的花蕊
望不至的春風
白幡飄蕩在
五〇年代靜止的風中

但是我們必須記得：
染血的不是省籍，血緣，口音
染血的是子彈，槍枝
統治者粗暴的手愚昧的心
我們必須記得
被侮辱與被損害者

應當安息
被濫用的權力應當贖罪
但每一種
母親教我們的話
都是令人思慕的語言

III

二十一世紀
這島上第兩千三百萬人
在我們之中誕生——
她也許是福佬，客家，外省
可能是原住民或新住民
但無論使用哪一種語言
她的笑容將一樣美麗
她將以島為家

在島上長大
唾棄任何顏色的腐敗
堅持公理與同情
當我們老去
記得並延續我們的故事

並且在將來的地震颱風
瘟疫中倒下
復又站起
如同我們的島
歷百千劫
不可思議

東經 121 度
北緯 23.5 度
自海面至雲端

板塊與海洋的女兒
我們的島
現在未來
百千歲中
日光明照

熱風

——記憶一個時代

1

有些消息自山間，河邊歸來
白髮的芒草俯身致意
某些失傳的命題土地裡抽芽
一老人在海邊唱歌

屋內有影子作勢將門關上
熱風趁隙從門縫灌入

那是聲音與憤怒的年代
高壓在島嶼背脊上滯留
地表因烈日持續升溫
烏雲集結，暴雨蓄勢待發

2

曠野裡有人歌唱，曲調悲悽
音律高亢，他是憂傷的使徒
信仰詩與真，正義與公理
他斷定美的敵人，不是醜
是虛假，善的敵人不是惡
是虛無，真理的敵人不是愚昧
是狡猾偽善的智慧
他來自小鎮，鎮裡有母親（母親每日汲水
洗衣，炊飯），鎮外是綠色的稻田

3

他決心面對，如一名黎明前著裝完畢的士兵
詭譎的天空下，戰場匍匐攻堅，敵人
的面目在硝煙瀰漫處隱現
他提槍搶進，缺乏掩蔽，暴露
於盲目熾熱的火線中，於一火網
間隙，冷靜，毅然，雙膝矯捷著地
於陰影反覆交疊處
俐落地取下身上的榴彈
奮力將插銷遠遠擲出——

他試圖證明最強大而透明的信仰：
唯有引燃自己，理想才得以現身。

雷管引發，一團灼熱
的氣流，將他還給時間

4

出門前，他留下一封家書上頭寫著：

「所有我摯愛的：

一株稻子倒下
會長出一片稻田

歷史是行動，而非文字
是地裡流淌的血液
是以火焰焚燒自己的人

是母親，所有的母親，夜裡的歌聲
和哭聲

最醜陋，最難堪的
是腐敗的權力

只有稻穗有金子的顏色
沒有敵人

（愛，而不是恨，是我唯一嚮導）

最美麗的事物，冬天過去
春天的雨，下在青色的稻田上……」

桐花

我不奢望世界
無限廣大
我只需要一片丘陵
適合的土壤，水分，陽光
有稻田，白鷺在遠方
午後有雷聲和陣雨
入夜林間逐漸瀰漫著霧氣
竹雞與環頸雉都已入睡
白紋與青斑的蝶蛹
等待著孵化

一年裡大部分的時間我不開花
只沉默矗立

本分地生長
我不迎客，或送客
無意比較或者炫耀
但歡迎，你安靜走過
珍重地拾起
足畔的落花
且珍惜你手中的美好
無須羨慕遠方

愛欲前書

悲觀的人有思維深刻的權利……

——楊牧〈主題〉

那日火車啟動
向東然後向南，行駛
於島嶼崎嶇的邊緣
城市和偏見傲慢一起留在原地
無法決定故事的開始
但無所謂，我們出發
前往故事的結局

困擾我們的，從不是
對彼此的愛欲

（沒有比這更美好的事）

我們在乎的是
事物的本質
存在的侷限
文明是校園裡高度形狀
一致的植栽
我們在相同的教室裡
作息相同的課本鐘聲
追求相同的卓越
和人云亦云的人生
這一切無非只是徒勞
我們用盡全力衝刺
但終點是意義的虛空
存在，或不存在
並非一個問題
而是相同的命題

隱藏，或者揭露
腐爛的種子並不會長出新芽
夏蟲般哀傷的同類
在一切崩壞之前
我們必須離開

「櫃子第一節裡面的信和日記
請全幫我燒掉
教室裡的糖果還給秀薇
先知還麗芬

如果人死了以後
還有軀殼以外的東西
我會常常記起你們
和祝福你們……」

火車即將抵達
我們選擇一條人少的路
但並不會造成不同
人們或許無法理解，但理解
原本就不是人們擅長的事

請勿好奇或跟隨
無法跟隨的才值得跟隨
祝福你們
但請記得
世界並沒有無限的可能
它只是你所選擇的那個樣子

註：詩中所引文字出自 1994 年北一女中學生林青慧與石濟雅的遺書。

回到雙溪

或許就是因為我延宕過久……，而終至使萬事失去依循……。

——楊牧〈來自雙溪〉

我們暫別借來的城市
出發尋訪先行離開的青春
列車往北沿山谷行駛，五節芒彎腰致意，然後穿越皺褶
如時間的岩洞
回到記憶的開端

那裡是螢火與薑花生長的地方
群山多情的手掌微微托起
清晨水邊，寂靜的白蝶像
年輕時說好的約定

夜裡，閃爍林道間的星芒
是終將依約歸來的刻記

一度我們急於離開
追逐鍍金的桂冠
輕易地刪除
昨日，與躁鬱纏綿
與偏執狂歡，傷害
也被傷害，竟遺忘了
年少時，印在泉水上
葉脈般的誓言

我們暫別現在
出發尋找驚異的前世與來生
如此確定山林溪水擁抱之處
失散的靈魂會認出彼此

曾經殘缺與失去的
將再一次完整，而螢火
與薑花生長的地方
有神溫柔存在

母親的相片

我撿到一襲黃色無袖的夏裝
一把淺色條紋的陽傘

我撿到一對雕花鏤空的涼鞋
一頂寬邊遮陽的草帽

我撿到一張年輕的臉
溪流旁百合一樣微笑

我撿到一雙無憂的眼
穿過虛幻而真實的時光與我相對

我撿到一匹明亮
微蕩及肩的黑髮

我撿到一截被遺忘的日光
落在那後來我母親的身上

雲

一朵小小的白雲在天空徘徊，非常
寂寞，她希望像高山樹林花朵草地
一樣有許多的家人。

花朵回答說：「美麗的小白雲，
妳的衣服是我見過最乾淨潔白的，
妳真美麗，請當我的朋友。」

草地回答說：「勇敢的小白雲，
我好羨慕妳可以自由自在地四處
翱翔，妳真勇敢，請當我的朋友。」

樹林回答說：「聰明的小白雲，
把藍天當作畫板，妳是最有創意的藝術家，
妳真聰明，請當我的朋友。」

高山回答說：「善良的白雲，謝謝妳，
總是在我的身旁陪伴著我，
妳真善良，請當我的朋友。」

湖泊回答說：「小白雲，
我就是妳的家人，小溪，河流
是妳的姐妹，海洋是我們的母親。

白天，天空是妳的操場，
夜晚來時，歡迎妳回來歇息。」
小白雲笑了，她知道自己再也不孤單。

少年

我們期待已久的一場比賽
因突來的暴雨延期

拿著手套
我們繼續等待

這城市

1

太陽還在東邊山裡
第一班火車在我仍酣夢時入站
鳴笛，早安，這城市永遠比我早起

2

揹著整個書包的未來
學生們三三兩兩
並肩走過清晨微蔭的街道
細碎的晨光在他們身上跳躍

臉上或有些許昨夜挑燈的疲憊
然而身旁的友伴無疑是最清涼的風

太陽升起，無須懷疑
年輕的步伐，隨地球向東而踩動

3

手機的鬧鈴聲響
一張張初入社會的年輕臉龐
自未完的夢境裡醒來
親愛的家人在遠方的縣市
新鮮的蘋果
是最好的倉卒的早餐

他們不常西裝革履
但總是聰明並且勤奮
電腦不曾關機
夜深時回到他們往往獨居的臥室
急於接續白日的工作
並繼續昨夜未完的夢：
「有一天，這世界會看見我。」
許久之後當他們走遍了二十個以上的國家
看過了最大的海洋與最高的山脈
去過了海角以及天涯
他們會再回到這座他們與世界初戀的城市
並且記得，這裡是一切的開始

4

隔著匆忙嘈雜的馬路
我看見一對身材矮小的父母
和他們稚年的兩個男孩
在斑馬線的另一頭
手牽著手，靜靜等待
下一個車陣空出馬路的片刻

這城市再慌亂匆忙
總有安靜完整的角落

那兩個孩子將來
會高過他們的母親父親
且想起他們的手曾被緊握

而他們的父母
遠比他們以為的高大

5

入夜後，這城市亮起
一盞盞不眠的窗
這城市永遠比我晚睡，晚安
有夢的人們

6

空軍十一村旁那棵碩壯的菩提樹，去年颱風時被連根拔起。經過重新栽植，固定，失去所有茂密的枝幹，殘缺而突兀。冬天好幾波惡意的寒流過境，幾度以為它已死去。四月時，長出了新的葉片……

歸來

赤腹松鼠沒有看過大海
時常，牠爬到落羽松的頂端
看天際競相崢嶸的群山
演奏青綠濃綠的詩篇
夜裡牠作夢
天地變成了一顆逐漸成熟的松果
牠是果核內顫動的胚胎

「他們一定是瘋了，」
小抹香鯨對著瓶鼻海豚抱怨著：
「竟然把這裡稱作小島。
如果他們可以潛入深海
就會知道，海面以上與以下

相連，在最深最深的海底
根本沒有經線緯線……」

大冠鷲的雙翼有幾千尺
如果飛得夠高，山脈和海洋
都在牠的影子裡
萬物時刻變化
無一不在牠銳利的眼底
山是古老昂揚的意志，海
是波動的心

我站在海邊
那不斷拍打上岸的
是世界的聲音
理想是一顆遠遠擲出的卵石
高聳不變的山巒，請等等

等我從海的那一端歸來
將與你們一同矗立

拯救一雙鞋子

我從火災現場拯救了一雙鞋子
這與我原本想像的不同
但你知道，人生並非事事盡如人意
做為一名義消，我必須聽從
現場指揮官分配任務
儘管我更想，拯救其他活的東西

我抵達現場，他正和屋主談話
眼前這位女士，無疑地正經歷
一生中，最悲慘的一天——
她穿著污損的睡袍，赤著雙腳，神情絕望
「過來，貝佐斯，我需要你
幫這位女士找到一雙鞋子。」

因此我英勇地進入火場，火勢
已大致控制，門口一片狼藉，鞋櫃
全毀，樓上更衣室或許會有些好運
我穿過呻吟的傢俱，焦黑痛苦的裝潢
往二樓攀爬，屋外燈光幽冥，地面
匍匐的水線如亞馬遜水蟒垂死掙扎
更衣間裡掛滿十七世紀殖民時期
逃生不及的鬼魂——但我心中
毫無畏懼，高貴受難的仕女
需要一雙可以行走的鞋子

光榮地，我帶著那雙被拯救的鞋子，回到
圮毀的門口，女主人淚水奪眶而出
奔向旁邊那位義消懷中驚嚇過度的法鬥
我看著手中的鞋子，希望它也可以吠叫

事後屋主來信感謝，站在門廊
隊長要我留著這封信——
我忘了說，那是我第一次的任務
隊長駕車離開，往日落的方向駛去
我回到屋內，打開廚房燈
讀信。她說她無以表達她的感激
但希望這封信能讓我們知道
我們所做的一切，對她
有多重要。她目前借住在親戚家
情況困難，但她會找到解決的方法
信末，她特別提及，她非常意外
同時感謝，我們幫她找了一雙鞋子
我們是真正的英雄，她說

拿著信，我似乎仍能感覺
那雙鞋子在我手中的重量
我衷心感謝她的感謝
因為此刻我瞭解
每個人都需要一雙鞋子
還有勇氣，去承認——我們都是
也都不是，英雄
偶而可以拯救他人
偶而，等待他人拯救

註：本詩根據紐約市義消馬克・貝佐斯的真實經歷寫成，詳見馬克・貝佐斯的 TED 演說。馬克・貝佐斯為亞馬遜創辦人傑夫・貝佐斯的哥哥。

輯肆、

悖論。

歌隊

——論權力

我們是沒有名字
沒有臉孔的一群
性別不詳年齡不詳
唯一可辨認的
我們是城邦的居民
服侍國王與眾神

我們沒有知識或權力
預言休咎，介入政治，發動戰爭
面具底下，我們睜大雙眼
看峽角崢嶸的巨人
如何因無知傲慢殞落

海面上佈滿恐懼戰慄的士兵
金色的阿格曼儂
獻祭自己的女兒，只為一場
替兄弟奪回妻子的戰爭
特洛伊的死神，希臘聯軍統帥
死在凱旋當天自家皇宮的浴池
野心將他浸泡在自己的鮮血
與妻子黑色的仇恨中

睿智的伊底帕斯
狹路上親手殺死自己的父親
與母親同床，如盲眼
鬥雞，暴躁徒勞地找尋
看不見的敵人
無知刺瞎了他的雙眼

底比斯見證他的盲目
盤桓的懊悔如科羅納斯的濃霧

天神般的亞劫克斯
特洛伊城的城牆見識過他勇猛
無法忍受奧德修斯的羞辱
脹裂的驕傲征服了理智
雅典娜使他迷狂錯殺羊群
戰神淪為丑角
屈辱將匕首刺入他的心臟
薩拉米斯沒有英雄

還有波呂奈色斯和厄忒俄克勒斯
底比斯王儲，兄弟相殘同歸黃土，提底耳斯
卡帕尼耳斯，帕忒諾派俄斯和希波邁頓
阿果斯的血脈，不育的結盟讓他們全都

陳屍在異鄉惡意的土地，克里翁囚禁安蒂岡尼
在地下死者的墓窖，陪葬的是西蒙
和尤瑞荻斯，他的子嗣和妻后，他哀號
如牛犢，神是更高的律法

我們是沒沒無名的一群
我們是複數，告訴你
單數的權力和智慧如何走向毀滅
我們哭泣，號啕，吟唱悲傷的曲調
命運殘酷地讓我們目睹
人如何毀滅自己
我們一直都在，我們是最後留下的人

詩人

像一隻雪融後復現的松鼠
它是那麼饑渴
以致於誤食了草地上散碎的日光

某詩人

他的面孔孤寂蕭索如一老僧
他的髮茂密捲曲如少年

他的詩只寫絕望不可能的愛
他的心是千年不融的雪原

他行走於紅塵而他的足跡似雪
他傾身聆聽這世間的孤獨與寂寞

他無所為而來
他是愛，別離，空無如這世界未發生之前

城市之光

失去樂園之後
人們發明了城市
人們複製了一千個太陽
告別服食月光的古代
城市裡，人們挑戰極限
如零熱量的食物
無副作用的謊言
低風險，高報酬的革命

各種口味的情人
與政治

人們走入辯證法的午後：
少年是正，中年是反
（或者相反？）老年是櫥櫃中
一盆長青的松樹，在馬雅面具旁

人們在城市的皺褶裡
輕觸螢幕或滑鼠

滿足知識與愛的需求
並且馴服某些前現代的

情緒（孤獨，遺憾如雲豹石虎
隱匿於時間的密林中）

格式化記憶與現實（唉，現實粗糙不易吞嚥）
記憶朝生夕死

虛擬朝死夕生
服貼緻密，如一席合身的禮服

人們集體上街，午夜來臨時在廣場前
駐足，抬頭仰望壯麗的
建築與璀璨的煙火
彼此擁抱祝福，綻放

同樣色澤飽滿的笑容
如同4K影片

人們在明亮七彩的燈牆下許願
在城市如戀人的胸膛裡安眠

或失眠，在下一波意識的更新中
遺忘，或者被遺忘

在歷史的皺褶中
熄滅，或微微發光

數位複製時代的生活

To delete, or not to:
That is the question.

——Ham.net

你存在哪裡？

每夜你 Twitter 你的寂寞
Instagram 你的空虛
你和你虛擬的欲望發散
LED的光芒
你必須隨時在線，因為連結是
唯一的真實
失去連結，我們只是這城市入夜後

捷運車廂裡一枚
失重的1或者0

你再也不用擔心
要如何處理叛逃的
昨日，每一個昨日都已
數位化後依序存檔
家人，朋友，同事，客戶各有各的
子目錄，分手的情人都在
另一個檔案夾
最好以記憶體取代記憶
不必要的檔案應該
刪除，回收筒記得按時清理

在數位複製的時代
你終於有了隱身的能力——

穿透水泥鋼筋道路
城市陸地海洋，輕盈地
逃脫左派與右派的捕捉
在無政府的伺服器間遊牧
你終於突破演化的極限
以任意一組字母數字繁衍
另一個全新的自我
每一個都是你，也不是你
人生不過一粟一瞬
但數位複製的你到處都在

一經鍵入
便成永生

安眠曲

睡吧，亢奮後傷感的世界
人的意志再強大，也無法抵抗
行星的轉動。白晝

一場集體的自我催眠，史無前例
華麗地舉行，人們對著每一面鏡子
重覆告訴自己：人有

無限的可能；世界是一座
繽紛的購物中心
重要的是如何

販售自己，成為櫥窗裡
炙手可熱的商品
於是我們各自以奇異的方式

變形：兇猛，複雜
僭越倫理與形上的聖域
最終因不斷展示而

刮傷，不斷誇大而稀薄
像一則失去聽眾
尷尬的謊言，踟躕於黃昏

無力的街道
缺少主題與脈絡
缺乏完整

的結構
一致的邏輯，自相
矛盾，無法回收

只有夜裡，我們才在眠睡中
回復擁有翅膀的形狀
安靜地蜷曲

在自己深處
請安心就寢
焦躁憂鬱的世界，夢中

那些我們傷害過
或者傷害過
我們的，都已離開

而那些我們愛過以及
愛過我們的
是最後被遺忘的……

陽台

清晨六點，一老者端著一錫製臉盆往身上沖涼。
（我不確定臉盆裡裝的是否就是冷水。）
清晨八點，一中年男子拎著公事包外出上班。
（我無法辨別他的職業。）
清晨十一點，鍋鏟聲，自某一廚房傳出。
（不知誰來午餐？）
午後二點，一嬰兒的哭聲。
（它是餓了，或睏了，或需求某雙安慰的手？）

午後三點，一婦人晾著剛洗好的衣服。
（那翻動的衣裳是怎樣的心事？）
午後七點，一高中模樣的女孩自巷口走過。
（她的步伐踩著的是自己或者誰的夢？）
夜間十點，爭執聲。一對夫婦？
（那奪門而出的是否是昨日的笑聲？）
午夜一點，一救護車尖叫急行而來。
（此去珍重，摯愛的世界。）
早晨四點，我不慎掉落的菸蒂驚醒一隻黑貓。
（晚安，我所認識最誠實的說謊者，我無可救藥的愛人。這世界已把你遺忘，請安心就寢。）

秋天

我打電話給夏天：
「我們見面好嗎？」
「不可能。」
她掛上電話，
空了的話筒傳出陣陣聲響如蟬鳴……

失眠症患者

失眠症患者Z：

他不知何時睡眠，
因為清晨與黑夜一樣美麗，
而白天他得營生。

聖者

式一

她把一生都奉獻給別人
一半給了她的丈夫小孩
另一半給了她的情人們

式二

他把一生都奉獻給別人
一半給了他的妻子小孩
另一半給了他的情婦們

式三

他把一生都奉獻給別人
一半給了他的妻子小孩
另一半給了他的情人們

式四

她把一生都奉獻給別人
一半給了她的丈夫小孩
另一半給了她的情夫們

邏輯

3羨慕在前方的2
2羨慕在前方的1
只有1知道
前方是空虛的0
和越來越深的負數

旅者

他被發現時已死亡數日
全身因脫水而枯槁
身旁遺留一只行囊，一本筆記
和一枝已乾涸的墨水筆
裡頭寫著：「沙漠是如此美麗……」

更衣室裡的大象

有時，我覺得自己是
更衣室裡迷路的一頭
大象，如此不合時宜

不合地宜地臃腫，缺乏
優雅，不適合對鏡
我只能看著我那巨大下垂

的雙耳發呆
更別提那一截
演化上費解的鼻

我必須小心翼翼
地呼吸，避免發出聲響
才不至於引起懷疑

唉，我這粗糙無毛的身軀
實在是個龐大的尷尬
我試圖思考

當然我也知道這
只是讓自己更加可笑
更衣室中一頭思考的大象

思索著如何
穿下文明
這件過小的外衣

我耳聞
這世界正在立法禁止
過於龐大無用的存在

例如象類，將來只能做為博物
而非生物存在
只能是有鼻目象科

象屬次有蹄類，網路上一則
或百萬則的資訊
但禁止奔跑

禁止求愛
或者流淚
或者質疑狹小的更衣室

如何容納一頭大象
我看著鏡中自己黝黑的雙眼
裡頭有著夜空，草原，樹林

是雨水，食物，住所
不是知識　或商品
夜空，草原，樹林

但或許我得先思考如何
離開眼前的困境
我無法轉身

而我身上的基因過於古老
只能前行
還沒學會後退

換行

——有贈

I

我在百貨公司遇見詩人C，
狐疑的星期四夜晚，
週末樂天的人潮尚未湧入。

起初我覺得驚訝，在B1
流行女裝遇見詩人並非
尋常的事，這裡似乎不是詩人
的戰場。但其實有何不可，
或許他正為逐漸娉婷的女兒，挑選圍巾

或背包，一如入夜後他所從事
紙上的祕密行動。

我並未趨前致意，因為詩人總是
單獨行動，勾勒現實
罕見的事物，例如：

愛。詩人總是單獨行動，即使
是愛——愛充滿危險，不適合結伴。
愛須對抗，對抗無知偏見，對抗失控的
權力與智慧，對抗盲目執迷
的自己。

愛是唯一的嚮導。

II

我在5F家電區又遇見詩人，
詩人在整面的電視牆前形成
一個無法解讀的隱喻：四處流竄的
音聲光影，如同與詩相反的一切——
專制，重複，缺乏風格與目的，方生
方死，複雜而單調，華麗而空洞。

而詩人在言之鑿鑿的
電視牆前，顯得如此渺小
蒼白，也許，不，並非也許
而是不容質疑的事實：詩人
與我們一同生活在粗糙齟齬
的現實，吞噬，或被吞噬，詩人
並沒有被誰赦免。

Ⅲ

最後我在9F的書店遇見詩人，
詩集區前不期照面。詩人認出我
臉上訝異尷尬，手裡拿著
年輕時出版的詩集。

我們禮貌問候，簡短交換目前工作
生活的狀況，椰林的老師同學，我們
都已進入中年，詩是年少時迎面的風。

我們都已進入犬儒的中年，攝取過多醣份
和油膩的政治。篤信懷疑，積極地消極，
迴避人群與自己，最終成為一名
溫馴的讀者。在單人沙發上就著

立燈溫暖的光線，鋼琴或提琴的樂音，
讀死去詩人的詩，複習自己對這世界
曾經的愛與憤怒，偶而

流下同情和慚愧
的眼淚，在逐漸乾燥泛黃的
時間與意念中，懺悔自己
不斷換行的人生。

讀詩人157　PG2743

偽哲學書

作　　者　吳可名
責任編輯　陳彥儒
圖文排版　陳彥妏
封面設計　王嵩賀

出版策劃　釀出版
製作發行　秀威資訊科技股份有限公司
114 台北市內湖區瑞光路76巷65號1樓
電話：+886-2-2796-3638　傳真：+886-2-2796-1377
服務信箱：service@showwe.com.tw
http://www.showwe.com.tw
郵政劃撥　19563868　戶名：秀威資訊科技股份有限公司
展售門市　國家書店【松江門市】
104 台北市中山區松江路209號1樓
電話：+886-2-2518-0207　傳真：+886-2-2518-0778
網路訂購　秀威網路書店：https://store.showwe.tw
國家網路書店：https://www.govbooks.com.tw
法律顧問　毛國樑　律師
總 經 銷　聯合發行股份有限公司
231新北市新店區寶橋路235巷6弄6號4F
電話：+886-2-2917-8022　傳真：+886-2-2915-6275

出版日期　2022年8月　BOD一版
定　　價　260元

讀者回函卡

Printed in Taiwan

國家圖書館出版品預行編目

偽哲學書/吳可名著. -- 一版. -- 臺北市 : 釀出版,
2022.08
面； 公分. -- (讀詩人 ; 157)
BOD版
ISBN 978-986-445-668-0(平裝)

863.51 111007130